MONOGRAPHIE

DES

THÉATRES DE PARIS

PAR

VICTOR POUPIN

THÉATRE DU LUXEMBOURG

PARIS

MARPON, LIBRAIRE-EDITEUR

GALERIES DE L'ODÉON, 3-7

Livraison

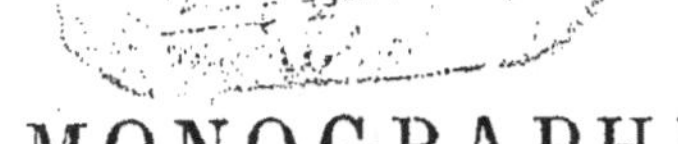

THÉÂTRE DU LUXEMBOURG.

Sur dix personnes auxquelles vous nommez le théâtre du Luxembourg, cinq, au moins, croient encore aujourd'hui que vous parlez de l'Odéon ou bien d'un théâtre dont elles ignoraient complétement l'existence.

Mais prononcez le nom de Bobino, chacun saura que vous désignez la petite salle de spectacle située rue de Madame, près des splendides ombrages du Luxembourg et peut-être alors l'un de vos interlocuteurs vous avouera-t-il, en baissant ingénûment les yeux, qu'il y a accompagné quelqu'un, un soir...

Bobino, Bobino, roi des tréteaux, digne émule des Bobèche et des Galimafré de joyeuse mémoire, je t'invoque! Toi, dont le rire puissant vivifia le théâtre qui portera toujours ton nom, viens animer ces pages. Bobino, un premier roulement! Bobino à la parade! « Entrez! entrez!... Papa m'disait comme ça : Bobino, tu n'auras jamais d'enfants! — Faudra essayer, papa! — Inutile, mon garçon, chez nous la stérilité est héréditaire. — Ah! aâh p'pa, sauf vot' respect, j'crois ben qu'vous dites des bêtises!... Entrez, entrez!... »

I

Chacun se rappelle, pour les regretter sans doute, ces égayants et nomades saltimbanques qui fourmillèrent si longtemps à Paris, à la double jubilation des badauds et des voleurs. Nos pères s'en amusaient naïvement, à rire que veux-tu! Nous ne pouvons guère, juger de leur gaieté, nous dont le goût renchéri semble dédaigner tout plaisir à bon compte. D'ailleurs ils agonisent, les malheureux! Leur caisse, avec ou sans calembour, est éventrée; la clarinette a perdu son bec; le trombone est en gage; le *boniment* ne sort plus qu'avec peine de la poitrine vieillie de l'Alcide du Nord; les héroïnes du tremplin ont émigré dans les cafés-concerts.

Une de ces troupes d'acrobates en plein vent obtenait à la grille du Luxembourg qui donne sur la rue de Fleurus, un grand succès vers 1817. Un beau jour, — l'expression n'est pas trop forte, — un amateur, après une séance dont les exercices l'avaient enthousiasmé, s'approchant de l'*impresario* de la troupe, lui dit, sans autre préambule :

— Pourquoi diable, mon brave Bobino, n'avez-vous pas une salle qui vous permettrait, en toute saison, un public assis. Vous feriez plus d'argent.

— Sans doute, monsieur, mais le seul moyen pour faire de l'argent, c'est d'en avoir.

Cette réplique était juste et sera par malheur toujours vraie. Bref, les deux hommes causèrent quelque temps, puis l'inconnu prononça ces mots mémorables : « Eh bien, dans six semaines, je veux, moi, que vous ayez une salle de spectacle ! »

Quel était ce nouveau Mécène? M. D'Aubignosse, ancien officier de l'empire, chevalier de la Légion-d'Honneur, ex-ministre à Hambourg et riche de 300,000 fr.

Aussitôt dit, aussitôt fait. M. D'Aubignosse va trouver le propriétaire des terrains qui formaient l'îlot comprenant encore maintenant le théâtre et ses dépendances, le café et le manége du Luxembourg. Celui-ci demande 30,000 francs de sa propriété qui vient d'être vendue 350,000 francs.

— 30,000 francs ! s'écrie M. D'Aubignosse, c'est beaucoup trop cher, et, après réflexion, il offre, 15,000 francs de loyer annuel pendant quinze ans.

Ce marché, qui fut vite conclu, rappelle l'histoire que raconte Déjazet dans *Un Scandale :* « J'envoie mon mari acheter des perdreaux. Il m'en rapporte trois en me disant : Je les ai payés six francs. La marchande en avait un quatrième qu'elle voulait me donner pour le même prix, mais j'ai mieux aimé choisir ! »

Peut-être ce mauvais début entraîna-t-il la suite de chances affreuses contre lesquelles le théâtre eut si longtemps à lutter. Il ne prenait pas naissance sous une étoile propice.

La salle primitive, sans décoration extérieure, sans loges ni galeries, avec des gradins en amphithéâtre comme seul ornement intérieur, ressemblait plus à une grange qu'à une salle de spectacle. Le prix des places, divisées en trois séries, était de 6, 8 et 12 *sols.* On y donnait trois et quatre représentations par jour, représentations précédées de *parades* faites par Bobino et par sa femme qui lui renvoyait habilement la réplique.

Bobino était de taille moyenne, avec un masque des plus intelligemment hébété. Quand il lançait un de ses monstrueux coq-à-l'âne, son regard, plein de douceur, pétillait de gaieté gauloise. Les habitants du quartier se rappellent l'avoir vu, il y a trois ans encore, promenant dans les allées si pimpantes, si bruyantes du Luxembourg, sa vieillesse solitaire, son indigence mal déguisée.

Les parades avaient lieu sur l'emplacement où se trouve aujourd'hui le magasin de mercerie. La cour actuelle n'avait ni les arbustes ni les fleurs qui l'ornent maintenant. La porte sur la rue de Madame n'était pas ouverte, de sorte que, une fois les oisifs groupés là, on pouvait facilement exécuter à leur égard l'espèce de *presse* à l'anglaise dont les *artistes forains* ont encore gardé l'habitude. Ils ont leurs *entraîneurs* qui vous poussent habilement, sous prétexte de *suivre le monde;* le badaud, toujours bon enfant, se laisse faire, et le tour est joué, mieux que la pièce !

En 1822, M. D'Aubignosse eut l'idée de mettre son théâtre par action. La société se composa primitivement de huit actionnaires, desquels il ne reste plus aujourd'hui que M. Thiellement, aimable et spirituel vieillard qui voulut bien montrer toute l'obligeance possible en me donnant la majeure partie de ces renseignements.

Les bailleurs de fonds n'eurent pas d'abord à se plaindre. A cette époque, les seuls exercices des acrobates leur rapportaient autant que leur valurent tous les essais tentés dans la suite, jusqu'au moment où se présenta M. Gaspari, directeur actuel.

Les hommes sont insatiables! Les actionnaires pensèrent bientôt à faire jouer des pantomimes et même des vaudevilles. A force de démarches, ils obtinrent, par des permissions temporaires et spéciales, une première autorisation de jouer des saynètes à deux personnages, puis avec plusieurs comparses, puis enfin, moitié par prières, moitié par ruse, et toujours sous le coup d'une suspension, on étendit le répertoire jusqu'aux pièces à quatre personnages parlants. Plus tard encore, sous la direction de M. Tournemine, on joua même des drames-vaudevilles. De plus, on y lisait des vers inédits.

Mais lorsque l'Odéon apprit que Bobino allait jouer des pantomimes et des vaudevilles, — à deux personnages! — il n'eut pas assez d'imprécations. On spoliait Harpagon, on l'assassinait! avec une concurrence si formidable, et le second Théâtre-Français intenta le procès le plus inique à son pauvre petit voisin. L'affaire se termina comme la Fable et la Réalité montrent que toutes choses se terminent. Jusqu'en 1830, Bobino dut payer une redevance de 6,000 francs par année à son seigneur et maître.

Un usage non moins abusif mais plus vexatoire encore pesait aussi sur Bobino. Pour établir une démarcation bien tranchée entre les spectacles de genre et les représentations d'acrobates jouant de temps à autre *la coméd·e,* le câble des danseurs de corde devait, même pendant la pièce, rester tendu. Or, cette corde, illustrée par madame Saqui, prenait du fond des coulisses pour aller s'attacher à l'extrémité du parterre, et si elle dominait de quelques mètres les spectateurs, sur la scène qu'elle partageait, elle ne s'élevait que d'un mètre au plus, ce qui nuisait cruellement à toute illusion, car chacun des acteurs était obligé de se baisser pour passer sous le câble lorsqu'il devait traverser le théâtre.

Heureusement, un chercheur exhuma une vieille charte également relative aux anciens usages et réglements des baladins, dans laquelle ordre était donné de relever cette terrible corde lorsque le roi ou quelque personne du Sang entrait au spectacle. De là à simuler l'entrée de ce roi ou de ce prince il n'y avait que l'épaisseur... d'un trait de génie. On en arriva bien vite, dans notre petit théâtre, à mettre en scène par un prologue quelconque, sans le moindre à-propos, un membre d'une famille royale. Aussitôt, pour lui faire honneur, on relevait la corde — qu'on oubliait de redescendre pendant le reste de la représentation.

Il ne faut pas trop s'étonner de pareilles restrictions. Il doit en être ainsi à toute époque de monopoles et de priviléges.

La liberté théâtrale nous l'avons enfin! Elle était appelée de vœux unanimes, et donnera, nous devons l'espérer, les meilleurs résultats. Rappelons-nous, à ce sujet, que l'abolition des priviléges exclusifs des théâtres était déjà réclamée en 1792 à l'Assemblée constituante où surgirent tant de nobles idées. Gui le Chapelier, s'était fait l'orateur de cette cause gagnée d'abord, perdue à nouveau sous le premier empire; reconquise, reperdue par sa propre faute en 1830. Cette liberté, les auteurs et les directeurs de nos jours sauront peut-être enfin s'en montrer dignes, eux qui doivent avoir beaucoup appris sans avoir rien oublié.

Les « huit » étaient, chacun à tour de rôle, directeurs.

Parmi eux se trouva M. Molé-Gentilhomme, l'auteur de tant d'œuvres populaires. On comprend qu'avec l'inexpérience dramatique, bien excusable, de la plupart des actionnaires, la place de régisseur prenait une véritable importance. Les deux régisseurs, qui cependant aient seuls laissé des souvenirs, sont M. Clairville, père du spirituel vaudevilliste, et M. Guérin.

M. Clairville monta des pièces enfantines dans lesquelles il fit jouer ses fils, et cette innovation eut un succès passager.

Quant à M. Guérin, tailleur militaire sous l'empire, il avait gagné 300,000 francs, qu'il dépensa bientôt dans l'installation de *montagnes russes*, ce divertissement parisien, si goûté pendant quelque temps, que Scribe put y prendre le sujet d'une pièce de circonstance. La place de M. Guérin à Bobino était de 1,500 francs.

En 1836, le théâtre fut loué à MM. Villeneuve, Antenor Joly et de Tully, qui bientôt s'adjoignirent M. Roqueplan et construisirent la salle de l'Opéra-Comique et Beaumarchais. Après trois ans d'efforts, ils demandèrent à résilier, ne pouvant diriger à la fois ces trois théâtres.

Ils eurent pour successeurs M. Hostein, M. Tournemine en 1845, puis M. Colleuille ; enfin M. Gaspari.

Voyons maintenant par quelles transformations, de grange qu'il fut, le théâtre en est arrivé à être ce qu'il est, une scène très-bien machinée, une salle bien aménagée.

Nous le savons, il n'y avait, à son origine, que des rangées de banquettes en amphithéâtre. Lorsque les actionnaires obtinrent la permission de jouer des pantomimes et de petits vaudevilles, ils firent un premier rang de loges et plus tard le pourtour.

La société Villeneuve, Joly, de Tully et Roqueplan, démolit tous les agencements intérieurs, ne garda que les quatre murs et le toit, et rebâtit le théâtre tel qu'il est à peu près. Mais comme on n'avait pas touché à la toiture, dans la crainte de trop grands frais, afin d'avoir un deuxième rang de loges, on creusa le sol de trois pieds, ce qui explique qu'on descend autant pour arriver à l'orchestre. Ces travaux coûtèrent 40,000 francs.

M. Colleuille fit hausser le fond du parterre qui était trop en contre-bas.

Enfin, M. Gaspari, avec son incessante activité, sa bonne entente administrative, installa des loges de pourtour, des stalles d'orchestre en plus grand nombre et surtout le service intérieur de la salle et celui de la scène, qui ne laisse rien de plus à désirer que dans beaucoup de *grands* théâtres. M. Gaspari fit en outre une nouvelle façade, et perça la porte, aujourd'hui porte principale, sur la rue de Madame.

Quoiqu'entre les mains de gens intelligents, ces directions successives, faute d'ordre peut-être, sans compter les obstacles du dehors, ne prospérèrent pas. M. Colleuille faisait des recettes de 6 francs.

On comprend qu'avec de pareilles aubaines, les réparations, même les plus urgentes, devaient être un peu négligées. Un soir qu'il faisait grand vent et grande pluie, quelques ardoises arrachées à la toiture découvrirent la scène qui fut, en une seconde, littéralement inondée. Les acteurs firent mine de déserter ; mais les spectateurs impitoyables commencèrent un vacarme affreux et la pièce dut continuer. Une spirituelle ingénue alla prendre alors un parapluie dans les coulisses, et, de la sorte, attaqua le plus sérieusement du monde, un pathétique monologue. Le public, désarmé par le rire, s'humanisa ; le rideau put tomber au bruit des bravos.

M. Gaspari entreprenait, on le voit, une tâche dont il ne pouvait se dissimuler la gravité. Mais ses différentes directions, soit comme associé, soit comme seul titulaire, et dans lesquelles il laissa les plus honorables souvenirs, à Montmartre en 1849, à Batignolles en 1850, à Beaumarchais en 1853, l'avaient aguerri.

II

C'est en 1856 que M. Gaspari prit possession de son privilége et supprima la représentation diurne que M. Colleuille avait laissé subsister. Les premières pièces qu'il monta furent en grande majorité des œuvres littéraires, parmi lesquelles il faut citer *le Luxe des femmes*, comédie de MM. Anicet Bourgeois et Durantin, primitivement destinée au Gymnase, et *l'Amoureux transi*, de Paul de Kock. Eh bien ! M. Gaspari dut être sur le point de s'écrier avec Chamfort : « Combien faut-il de sots pour faire un public ? » Malgré tout le soin imaginable et le succès qui paraissait assuré, la direction perdait de l'argent, et le théâtre du Luxembourg, dont quelques journalistes avaient annoncé la résurrection, menaçait de redevenir Bobino, que dis-je ! de retomber dans le néant.

Toutefois, M. Gaspari résolut de soutenir encore la lutte, et un matin, Paris, à son réveil, vit sur tous ses

murs cette terrible prédiction de M. Choler, s'improvi-
sant devancier de Mathieu de la Drôme : *Gare l'eau!*
C'était une revue, une véritable revue de fin d'année
que le théâtre du Luxembourg osait annoncer, à l'instar
de nos scènes de genre ! Paris voulut connaître cette pièce
dont le titre lui avait donné le frisson; un peu pour se
venger de sa frayeur, un peu par habitude gouailleuse,
une première députation arriva pour s'égayer en
égayant la pièce; mais au théâtre tout le monde était
sous les armes. Décors charmants de Zara et Laloue; costumes exécutés, sous la surveillance artistique de
madame Gaspari; musique de Thomas; mise en
scène du directeur; tout était parfait, les femmes
de beauté, les hommes de brio ! La première bande
s'en alla non-seulement désarmée, car elle avait
ri, et beaucoup, mais éblouie, fascinée, et la preuve,
c'est qu'elle avait applaudi de toutes ses forces.

Dès lors, pendant cent cinquante soirées consécuti-
ves, la salle et la caisse ne désemplirent pas. Ce fut un
événement que cet avènement de la vogue pour le petit théâtre. Plein d'espoir et de gratitude, M. Gaspari
voulut avoir, et aura chaque année, au Luxembourg,
sa revue. *Coucou, ah! la voilà!* compta cent représentations; *Roule ta bosse* cent trente-cinq, et ces trois
pièces amenèrent au théâtre cent cinquante mille personnes.

Ce chiffre suffit pour expliquer quel bien le théâtre
a fait et fait encore au quartier. Tous les terrains avoi-
sinants étaient déserts quand on construisit la petite
salle. On pava peu à peu les voies qui y conduisent, et
des réverbères y furent placés. Puis quelques maison-
nettes sortirent de terre, pour les débits spéciaux à cette
exploitation; enfin, les démolitions dans le centre du
quartier latin ayant nécessité une émigration, les belles
propriétés qui existent aujourd'hui s'élevèrent comme
par enchantement.

Avec ces constructions nouvelles, le public se mo-
difia si complètement, que M. Gaspari dut changer
l'installation et le prix des places. Aux spectateurs
étranges qui le dimanche, et le lundi surtout, mon-
taient des profondeurs de la rue de Laharpe ou se
ruaient du passage Saint-Maur, a succédé le public des
fantaisies, artistes et bourgeois amis du rire, émaillés
de temps à autre de *biches* à la mode, entraînant à leur
suite un cortége d'étudiants. Le théâtre a sa *loge in-
fernale,*

—Bah! disent les routiniers, les envieux, on aura beau

faire, Bobino s'appellera toujours Bobino ! — Pourquoi le théâtre renierait-il son fondateur ? Pourquoi, surtout, donner à ce nom, qui fut celui d'un pauvre diable fort honnête, une signification dénigrante ? — Ah ! l'habitude... D'ailleurs, s'il y a préjugé, le préjugé est européen ; vous savez l'histoire des fameux princes russes !...
— Hélas !

Mais pour vous qui l'ignorez peut-être, cette histoire, cher lecteur, la voici :

Un soir, il y a deux ans, une superbe calèche, traînée par quatre magnifiques chevaux conduits à la Daumont, s'arrête à la porte du théâtre, et dans une avant-scène deux messieurs avec des diamants en sautoirs, en breloques, en espalier, prennent bruyamment place. Jusque-là, sauf un peu de fracas, rien de mieux ; mais voilà que bientôt, au grand étonnement, au grand mécontentement du public et des acteurs, les nouveaux venus, à voix assez haute, en français d'assez bas étage, commencent à prendre à partie quelques artistes. L'un d'eux, plus facile à la colère, s'approche bientôt et riposte vertement, ce qui suffoque ces nobles étrangers au point de leur faire prestement quitter la loge. La salle entière applaudit à leur départ, mais au tomber du rideau, l'acteur qui avait osé leur tenir tête est mandé au cabinet directorial.

— C'est bien lui ! s'écrient, en le voyant entrer, les deux interrupteurs. L'impertinent ! l'insolent ! Chassez cet homme, commandent-ils avec colère au directeur.

— Ces messieurs se plaignent d'une grossièreté que vous vous seriez permise à leur égard. Veuillez vous expliquer.

On s'explique en effet, et les agresseurs ont beau décliner leurs noms : l'un, le prince T..., aide-de-camp de l'empereur Alexandre II, de Russie ; l'autre, l'archiduc M... ; M. Gaspari leur donne tort, et le comédien menace de leur donner... plus encore.

— Comment, exclament-ils alors, c'est ainsi que vous faites mentir les *guides !*

Et le prince, tirant de sa poche un livre richement relié, traduisit à M. Gaspari cette phrase intéressante et textuelle : « Bobino, petit théâtre où, quelquefois, après un bon dîner, on s'amuse à aller *eng......* les acteurs. »

L'histoire est authentique, et sans qu'elles arrivent de Russie, il se trouve encore des personnes qui, même après un médiocre dîner, croient pouvoir venir à ce théâtre faire tapage. On les expulse et c'est justice.

Pourquoi la gaieté ne serait-elle pas toujours de bon goût ?

Le contrôleur, M. Langlois, ordinairement chargé de ces exécutions sommaires, est un ancien soldat, et a gardé l'habitude de la consigne ; sous un air un peu rébarbatif, trop souvent de circonstance, c'est un excellent homme, un employé plein de zèle.

Permettez encore que je vous présente M. E. Thomas, le chef d'orchestre. Professeur émérite de premier ordre à l'École normale de musique de Paris , il resta quelque temps à la maîtrise de Notre-Dame, et de là partit comme organiste à la métropole de Cambrai. Avec ma dame Montenegro, il parcourut, en qualité de chef-d'orchestre, la Hollande, l'Angleterre, l'Ecosse, l'Irlande, puis revint à Paris, accompagnateur du théâtre Italien. Son orchestre, ici, se compose d'un double quatuor soutenu par un piano, et passe, parmi les acteurs, pour être le seul accompagnant aussi bien le vaudeville. Déjazet le proclama hautement lorsqu'elle vint, en 1858, donner une série de représentations au Luxembourg. M. Thomas, plus connu sous le nom de Thomassot, est l'auteur de ravissantes et nombreuses compositions qui se distinguent à la fois par une grâce naturelle et un sentiment complet de l'harmonie et de la mélodie.

Et maintenant, cher lecteur, voulez-vous que d'un bond, sans souci d'écraser dans son antre M. le souffleur, nous franchissions la rampe et fassions une petite promenade dans les coulisses ? Cela, du reste, nous évitera de passer sous l'œil vigilant des époux Dubussy, gardiens sévères du mystérieux labyrinthe qui leur est confié, et qu'on nomme *l'entrée des artistes!*

Nous voici sur la scène, dans les coulisses ! Est-ce assez laid, franchement, ces décors, vus de près, ces portants enfumés, ces planches raboteuses... Et voilà ce que les imaginations de vingt ans se figurent comme un Eden ! Mais rangeons-nous vite ! le *gare* brutal d'un machiniste ne nous avertit qu'au moment où le décor nous frôle de trop près... Voici les artistes qui, à gauche et à droite, descendent de leurs loges ; entrons avec eux au foyer.

Le foyer des acteurs est à gauche de la scène. C'est une pièce longue, un peu étroite, entourée de divans, ornée d'une glace en pied ; d'une pendule fermant à secret, pour éviter aux retardataires l'envie de tricher avec le temps; d'un maître poële ; enfin, sur fond de velours cramoisi, la statuette de Déjazet avec une aimable dédicace de la célèbre actrice à ses camarades du Luxembourg. C'est là que, par intervalles, les artistes viennent causer avec quelques élus admis à contempler ces dames et leur acharnement à divers travaux d'aiguille. Je n'ai pas besoin de dire que dans les coulisses ou dans le foyer chacun se tient de la façon la plus convenable.

À la porte d'entrée est le *tableau ;* c'est une pancarte indiquant l'ordre du spectacle, l'heure des répétitions du lendemain et les amendes encourues pour infraction au réglement. A l'autre extrémité du foyer est une seconde porte donnant sur la *régie.*

Et vite un mot du régisseur, dont les fonctions ne sauraient mieux être comparées qu'à celles du capitaine d'armes à bord, ou à celles de chef du personnel dans une administration de l'Etat. M. Frelin, après avoir été pendant dix ans à ce même théâtre second régisseur, est depuis quatre années régisseur général. C'est un homme affable et un ingénieux metteur en scène. Il joue aussi la comédie avec succès. Il créa, entr'autres, au Luxembourg, les rôles d'Hali, dans la *Cocarde tricolore ,* et de Rodin dans *Gare l'eau.*

Ne jetons qu'un regard sur la cour des machinistes, sur la resserre à décors et sur le magasin des *accessoires* où figure pourtant la petite caisse noire de Bobino, toute effondrée mais gardée comme un souvenir d'enfance, et traversons la scène pour sortir par l'escalier donnant rue de Madame, après avoir fait toutefois notre visite à M. Gaspari.

Ajoutons que le théâtre occupe une superficie de 1,026 mètres, et comme particularité intéressante, que les contrepoids des décors descendent dans des puits aboutissant aux Catacombes.

Le cabinet de M. Gaspari est à droite, sur le second palier. Il est petit mais coquettement tendu de vert, sans doute afin de rassurer un peu les jeunes gens qui abordent pour la première fois le directeur, et ne se doutent pas que sous une apparence glaciale, utile peut-être dans de pareilles fonctions, se cache l'homme du monde le plus bienveillant.

En ce moment, M. Gaspari parcourt avec conscience la liasse quotidienne de manuscrits qui lui ont été adressés depuis le matin. Sur dix de ces pièces, je puis vous dire au moins le titre des huit premières : *les Étudiants de Paris, les Véritables étudiants, la Mansarde de l'étudiant, le Premier étudiant, le Dernier étudiant,* etc.

M. Gaspari est dans la force de l'âge, grand, vigoureux,

énergique; il prend vite un air de bonhommie par
fois narquoise qui doit quelque peu inquiéter son in-
terlocuteur. Mais il est excellent juge; ses luttes l'ont
laissé sans fiel, et il garde la plus scrupuleuse religion
de la parole donnée.

On peut le dire avec assurance: un bon directeur
pourrait être à la fois diplomate, général, mathémati-
cien, et surtout astronome hors ligne, car on lui
demande tout simplement d'avoir tous les genres de mérite personnel, et avant tout, le mérite de *faire* de l'argent. Ce qu'il lui faut de douceur, de fermeté, d'apathie
superficielle, d'activité dévorante, de franchise, de ruse,
d'audace, de prudence, d'espérance, de philosophie
pratique pour résister aux assauts souvent puérils, ridi-
cules, iniques, des auteurs, des acteurs, de l'administration, du public, de la presse et des circonstances même,
est inimaginable. Il semble que plusieurs existences n'y
devraient pas suffire.

Le moindre talent de M. Gaspari n'a pas été de pouvoir, malgré des préventions assez générales, même
parmi les artistes, former une troupe aussi complète,
aussi homogène que celle dont il dispose.

M. Gaspari, honoré de tous, est particulièrement
estimé au ministère d'État. Il est fortement question
de lui confier l'un des nouveaux théâtres appartenant
à la Ville, et qui s'élèveront dans le Paris de Napoléon III.
Ce serait la digne récompense d'une existence la-
borieuse, intelligente, exclusivement consacrée à l'art
dramatique, et pendant laquelle il a fait ses preuves,
comme particulier, comme acteur, comme directeur.

III

Il ne me reste que bien peu de place pour parler de
chacun des artistes. Mon cadre trop restreint m'empê-
che de faire leur biographie et l'analyse de leurs di-
verses qualités. Mais le public, depuis longtemps, a
rendu aussi bonne justice que je l'aurais voulu faire.
Je puis donc me contenter de reproduire à la hâte l'o-
pinion générale.

M. DETROGES.

Une bonne action fut le point de départ de la carrière
dramatique de M. Detroges. A Tournan, sa ville na-
tale, deux pauvres vieux comédiens, venus en représentation, cruellement endettés par suite d'insuccès,
s'étaient vu saisir jusqu'à leurs costumes. Le *ro-*

man comique sera-t-il si lugubrement vrai longtemps
encore ! M. Detroges qui, dès l'enfance, avait joué la comédie, entre autre avec une jeune fillette, devenue mademoiselle Nathalie, des Français, apprend cette misère,
monte une représentation d'amateurs au bénéfice de ses
protégés, et obtient un tel succès qu'il est assez heureux
pour payer les dettes des deux vieillards et leur donner
en outre, 200 francs, une fortune !

Mais enivré par les bravos, M. Detroges n'a plus alors
qu'un désir, venir jouer à Paris, sur n'importe quelle
scène, un rôle, n'importe lequel. C'est là ce que nos
pères appelaient une vocation ; ce que nous autres, plus
positifs, nous appellerions une *toquade*. A vingt-cinq
ans il quitte l'étude de notaire, où il était second clerc,
et débute, dans le vieux répertoire, sur les théâtres de
banlieue ; successivement engagé à Montmartre, puis à
Beaumarchais, il y joua le drame, la comédie, le vaudeville et même l'opéra-comique. C'est un artiste con-
sciencieux, que son talent nerveux et souple tout ensemble, sert à merveille.

Il vint au Luxembourg en même temps que M. Gaspari, à la fortune duquel il semble s'être attaché. Le
public, qui l'aime beaucoup, se rappelle avec plaisir
ses principales créations à ce théâtre : Blandureau, du
Luxe des femmes ; Mistenlair, de *l'Amoureur transi*, et
ses humoristes saillies de *Gare l'eau*, du *Trou à la lune*,
de *Coucou, ah ! la voilà !* de *Roule ta bosse*, et du *Diable
jaune*. Le nom de M. Detroges fait *affiche* et recette.

M. PANCHOST.

M. Panchost débuta à Saint-Marcel, puis voyagea quelque temps en province avec madame Luther. Lille, le
Hâvre, Bordeaux, Rouen, furent ses principales étapes ;
il s'y montra dans le répertoire de Lagrange. De retour
à Paris, il joua chez Déjazet les *Mystères de l'été* ; mais
il dut bientôt interrompre ces représentations pour rem-
plir son engagement au Luxembourg, où ses qualités
le firent de suite bien accueillir. *Sans dot, Deux Dames
au violon, le Duel aux mauviettes*, furent jusqu'ici ses
principaux rôles. M. Panchost voudrait, paraît-il, quitter
la comédie pour le drame : avis à MM. de Chilly, Four-
nier, Hostein. Les jeunes premiers *jeunes* et intelligents
deviennent rares.

M. CHÉDÉVY.

Élève de l'École Lyrique dirigée par l'excellent professeur Ricourt, fut régisseur à ce même petit théâtre
de la Tour d'Auvergne, si célèbre dans les fastes de

tant d'artistes et d'auteurs dont il vit commencer la renommée. M. Chédévy a joué sur les théâtres de banlieue, et depuis quelques mois seulement est au Luxembourg. Il y débuta dans *le Duel aux mauviettes*, *l'Homme qui tue sa femme*, et créa Satan dans le *Diable jaune*. Du comique sans trivialité, l'art de dire avec esprit un rôle bête, et de nuancer le mot, tels sont en particulier les mérites sur lesquels on peut se fonder pour prédire à cet artiste un honorable avenir dramatique.

M. MONROY.

Il y a deux ans, au théâtre des Champs-Elysées, dans *l'Idéal*, charmante fantaisie en vers, de Laluyé, j'applaudissais sincèrement M. Monroy. Il jouait alors les jeunes premiers. Quelle n'a pas été ma surprise de le retrouver au Luxembourg dans le rôle comique de Belphlegor. M. Monroy prouve une fois de plus qu'un véritable acteur peut assouplir son talent à tous les genres.

M. TALLIN.

Un artiste infatigable, très-aimé du public, qui se rappelle l'avoir vu à l'Odéon, et de plus, un bon camarade. C'est là une vertu si peu pratiquée au théâtre qu'il faut la signaler quand on la trouve enfin. Voltaire a dit avec trop de raison : « Les arts sont tous frères ; les artistes sont bien loin de l'être. » A ce sujet, Arnal s'écrie dans ses *Boutades* :

On hait avec ardeur dans ce monde envieux.

J'inscris ici, pour mémoire, les noms de MM. Denizot, Edward, Philippon, Verdier, Mauny, espérant trouver bientôt l'occasion de parler d'eux plus particulièrement.

Voici venir, pour vous et pour moi, cher lecteur, la partie la plus agréable de cette notice ; nous arrivons au petit bataillon féminin de la troupe. Armons-nous de courage devant ses séductions afin de parler avec indépendance.

MADAME GASPARI.

Il faudrait une plume plus exercée que la mienne pour juger, ainsi qu'il convient, le talent de madame Gaspari. Il est facile de proclamer sa beauté, sa grâce, comme femme ; sa bienveillance, son tact comme directrice ; comme actrice je ne me permettrai pas de la juger, craignant de laisser mes éloges au-dessous de la vérité. Je ne veux être que l'historiographe de ses créations artistiques, et passe sous silence ses succès, surtout à la Porte-Saint-Martin et à la Gaîté, pour arriver de suite aux rôles qu'elle interpréta au Luxembourg.

Son visage calme et spirituel à la fois, sa taille élancée, son maintien aristocratique, sa diction pure, expressive, font des rôles de *grande tenue* les rôles qui lui conviennent admirablement. On ne le vit jamais mieux que dans le *Luxe des Femmes,* où la presse fut unanime pour l'applaudir.

Mais surtout rappelez-vous le *Voyage de Nanette,* cette charmante bluette printanière, pleine de sourires et de larmes, de jeunesse et d'amour, tirée de la *Mare au Diable,* de George Sand. Dans cette idylle, vrai petit chef-d'œuvre d'esprit et de sentiment, ne vous semble-t-il pas que chaque mot, chaque geste, chaque soupir de la scène dans la forêt, vous est encore présent à l'esprit? C'est que M. et madame Gaspari, qui jouaient ensemble et à l'unisson ce marivaudage champêtre, avaient trouvé là le moyen de donner tout l'essor possible à leurs qualités dramatiques : finesse et sensibilité.

Lorsque cette artiste a voulu aborder d'autres interprétations plus légères, elle n'en a pas moins triomphé ; témoin les bravos qu'elle obtint dans le rôle travesti de *l'Amoureux transi.* Depuis quelques années, elle ne joue plus que dans les revues, où les principaux rôles lui sont acquis, il est vrai, mais sans que ces trop courtes apparitions satisfassent les appréciateurs de son talent.

Cette retraite volontaire s'explique : madame Gaspari partage, avec une extrême sûreté de jugement, les soins multipliés de la direction. On peut en juger par le goût tout féminin déployé dans la mise en scène des féeries et des pièces de fin d'année, et surtout par l'entente qui se révèle dans le choix heureux et la disposition harmonieuse de chaque détail, de chacun des costumes.

MADAME H. CAVALIÉ.

Place ! place ! Entendez-vous ce joyeux éclat de rire, le rire de Frétillon? Ecoutez ce refrain un peu gaillard sur un vieil air guilleret, un couplet chanté par Mimi-Pinson ! Avez-vous saisi, à la volée, cette réplique vive, spirituelle, railleuse, qui fait immédiatement songer aux réparties célèbres de Déjazet? Place ! place ! c'est madame Hortense Cavalié qui rit, qui va chanter, qui vient de parler. C'est un ouragan, une tempête, une avalanche ! Il lui faut toute la scène... Il est vrai qu'elle l'occupe bien, et qu'elle est adorée du public, qu'elle

idolâtre à ce point de sembler toujours prête à le tu-
toyer. Elle s'est créé un *genre* bien à elle, tout spécial : *la
Marchande de pommes*, de *Roule ta bosse*, une véritable
inspiration, en est un exemple ! Dans les *Travestis*, son
succès est également assuré. Les liens de famille qui
l'unissent à la directrice empêchent madame Hortense
d'accepter les engagements qui lui sont offerts sur nos
scènes de genre, et nous en félicitons le théâtre du
Luxembourg.

Nombre de bonnes actions faites par madame Hortense m'ont été dites, mais je ne puis pas pénétrer dans
la vie privée des artistes, fût-ce pour en dire le plus
grand bien. De pauvres camarades de madame Cavalié
savent tout ce que la modestie de l'excellente femme
me défend de raconter.

MADAME ESTHER.

L'œil pétillant, la lèvre railleuse, le front un peu
triste, madame Esther perle une romance, nuance un
rondeau, détaille un couplet, avec la grâce, l'esprit, le
mordant nécessaires aux rôles charmants, pleins de
brio, *endiablés*, qu'elle remplit depuis son arri-
vée au Luxembourg. C'est une artiste rompue à toutes
les difficultés, comme à toutes les habiletés du théâtre,
et qui a le grand art de faire toujours plaisir. Elle joua
sur nombre de nos scènes parisiennes, mais les Variétés
surtout et les Folies-Dramatiques lui ont gardé le meil-
leur souvenir.

Parler des rôles qu'elle a créés au Luxembourg, ce
serait citer une fois encore les pièces à succès qui furent jouées sous la direction actuelle. D'ailleurs, le public
n'a pas oublié une seule des créations de madame Esther.

MADAME MINNE.

Il serait injuste de ne pas faire une mention particu-
lière de cette comédienne, qui s'acquitte si convenable-
ment des rôles si difficiles de *duègnes*. A sa tenue, à sa
diction, on reconnaît de suite une artiste de la bonne
école. Marseille, Lyon, Bordeaux, l'ont applaudie. Longtemps pensionnaire au grand théâtre de Bruxelles, elle y
conquit d'estimables suffrages. Elle est toujours assurée
d'un accueil sympathique.

Mademoiselle Rose Bruyère, que je crois avoir déjà
vue aux Délassements-Comiques, a la jeunesse et la
beauté, deux belles choses qu'elle devra compléter par
l'étude, afin de plaire toujours.

Même hommage, même conseil à Mmes Stivalet et Ja-
cobus.

Mademoiselle Alice est une toute jeune débutante,
pleine de grâce et de bonne volonté, douée surtout d'une
voix charmante. Elle chanterait à ravir l'opérette, et je
parierais que dans un an elle sera soit au théâtre Déjazet,
soit aux Bouffes.

Je passe sous silence quelques jolies personnes sur
lesquelles il me serait impossible de porter un jugement artistique. Je n'ai vu ces dames que dans des
rôles à baguette, permettant d'admirer seulement leur
beauté. J'ai le regret d'être obligé de borner là mes ap-
préciations.

On est pris d'une grande indulgence lorsque l'on
songe à la vie de privations, de labeur, de déceptions
qui attend surtout les artistes dramatiques. Cette existence, dont le trop grand nombre ne veut voir que
les côtés brillants, le prétendu rien-faire, le luxe de
carton doré, les ovations tarifées, au bout de ses peines
voyons ce qu'elle donne, sauf de rares exceptions : l'ou-
bli, la misère. Rien ne s'obtient sans travail, rien ne
s'enfante sans douleur. Combien faut-il de travaux et de
douleurs pour faire même un modeste comédien ! Du
moins est-il consolant de penser que les acteurs ont enfin
conquis par leur honorabilité, la place qui leur fut déniée
si longtemps comme hommes, et à laquelle toute personne honorable a droit aujourd'hui dans l'opinion pu-
blique.

Un dernier mot.

Il est sorti du théâtre du Luxembourg des artistes de
mérite. Nommons : Robert Kampf, Regnier, Vaudrelan,
Ferdinand Lauzet, Leriche, et plus récemment, Aurèle,
Armande Morel et Tousez.

Les auteurs les plus connus, entre autres Anicet Bourgeois, Durantin, Paul de Kock, Barrière, Plouvier, n'ont
pas craint d'y donner certaines œuvres inédites.

Le théâtre du Luxembourg s'affirme donc en tant
que théâtre. Si le proverbe assure avec raison que l'on
dit fort bien une basse messe dans une grande église,
il est aussi vrai qu'on peut jouer de bonnes pièces
sur une *petite* scène. Mais quoi ! plus que jamais on
doit aujourd'hui répéter avec Talma : « Il peut y avoir de
mauvais auteurs, il y a de mauvais acteurs, il n'y a pas
de petits théâtres ! »

Paris — Imp. de Ch. Bonnet, rue Vavin, 42.

ROMANS DU MÊME AUTEUR.

———

Les Labourdière.

Un Mariage entre Mille. — Un Chevalier d'amour.

Paris. — Impr. de Ch. Bonnet, 42, rue Vavin.